LE

Livre unique des Petits

PAR

J.-B. PIQUET

ANCIEN INSTITUTEUR, DIRECTEUR D'ÉCOLE NORMALE

PREMIER LIVRET

La Nouvelle Édition

Direct^r G^l V. GRANDMANGIN

46, r. St-André-des-Arts

PARIS

Le

Livre unique des Petits

Le

Livre unique des Petits

LECTURE, ÉCRITURE, ORTHOGRAPHE

CALCUL, DESSIN, MORALE, LEÇONS DE CHOSES

PAR

J.-B. PIQUET

ANCIEN INSTITUTEUR, DIRECTEUR D'ÉCOLE NORMALE

Quoi de plus contraire à la nature vive et mobile de l'enfant que de le tenir chaque jour et tout le jour, attaché comme par une courte chaîne à l'étude de l'alphabet !

O. Gréard.

PREMIER LIVRET

PARIS

LA NOUVELLE ÉDITION

V. GRANDMANGIN

Directeur-gérant

46, RUE SAINT-ANDRÉ-DES-ARTS, 46

Le Livre unique des Petits

Ce petit livret, et celui qui lui fait suite, ne sont pas à proprement parler des syllabaires, puisqu'ils ont pour objet de mener de front l'enseignement de la lecture, de l'écriture, du calcul, du dessin, de la morale et des leçons de choses.

Ce sont de tristes classes que celles dans lesquelles l'élève n'a d'autres moyens de s'occuper que son livret de lecture et son cahier d'écriture.

Dès son entrée à l'école, le jeune enfant doit être initié à toutes les matières du programme afin de lui éviter l'ennui et la perte de temps résultant de son inaction : afin surtout d'aider au développement de toutes ses facultés.

Notre publication a pour objet d'en donner au maître les moyens.

LECTURE

La plasticité d'esprit de l'enfant est telle qu'il peut apprendre à lire avec une mauvaise méthode : il peut même apprendre à lire sans méthode. Est-ce une raison pour l'obliger à des efforts excessifs en lui enseignant cet art si difficile, sans s'inquiéter des moyens les plus propres de le mettre à sa portée?

Nous ne dirons pas que notre méthode est simple, pratique, rationnelle et progressive : la plupart des syllabaires parus prétendent à ces qualifications. Nous nous bornerons à exposer les principes qui nous ont guidé en la préparant :

1° Étudier une seule difficulté à la fois ;

2° Se servir de signes figuratifs aidant les élèves à comprendre comment les articulations s'unissent aux sons pour former des syllabes ;

3° Éviter, surtout au début, le rapprochement de lettres offrant de la ressemblance, comme *b d p q* ;

4° Faire de fréquentes revisions ;

5° Employer des mots et des phrases représentant des idées concrètes ou tout au moins faciles à faire comprendre aux enfants.

Ces principes étant formulés, quels procédés convient-il d'employer ? Ceux qui provoquent l'activité intellectuelle des élèves.

Faisons connaître la série des exercices que comporte chacune des leçons :

1° Explication de la vignette mettant en relief l'élément à étudier ;

2° Écriture au tableau noir du mot contenant cet élément ;

3° Recherche d'autres mots où il se rencontre ;

4° Invention de petites phrases contenant ces mots ;

5° Epellation en s'aidant des signes graphiques ;

6° Syllabation ;

7° Lecture des mots et des phrases contenant l'élément nouveau ;

8° Explication sommaire des mots et des phrases ;

9° Écriture au tableau noir, puis sur l'ardoise ou le cahier du modèle proposé et d'une partie de la leçon de lecture ;

10° Dictée par le maître d'une partie de la lecture.

Évidemment, tous ces exercices ne doivent pas être faits sans désemparer à chacune des séances. Ils demandent à être conduits avec mesure et intelligence. Ils sont d'ailleurs faciles à comprendre et à pratiquer.

Donnons cependant quelques indications au sujet du concours que l'explication de l'image doit apporter à la lecture.

Le maître appelle l'attention des élèves sur la vignette. Il écrit au tableau noir le nom de l'objet qu'elle représente ; puis il le décompose pour faire prononcer isolément le son ou l'articulation à étudier. Ensuite il fait trouver par analogie des mots contenant le même élément. Enfin il fait chercher aux élèves cet élément dans le texte de la leçon.

ÉCRITURE

Cet enseignement doit aider à celui de la lecture. La marche rationnelle n'étant pas la même pour ces deux matières; nous avons subordonné l'écriture à la lecture: mais nous nous sommes attaché à ne pas présenter, en écriture, des difficultés insurmontables aux jeunes élèves.

CALCUL

Nous menons parallèlement les leçons d'écriture et de calcul. L'enfant de 5 à 6 ans peut être appliqué à l'une aussi bien qu'à l'autre de ces deux matières. « Le tracé des lettres et des chiffres, dit M. Gréard, sont des exercices de même degré et à peu près de même nature. »

Nous recommandons au maître d'employer autant que cela est nécessaire, des objets concrets pour les leçons de calcul. Les bâtonnets qui se réunissent facilement en paquets selon les besoins de la leçon sont, à ce sujet, d'un usage commode. Chaque élève, à sa place, muni de ces objets, exécute les opérations demandées. Ces opérations sont ensuite reproduites au tableau noir, puis sur l'ardoise ou le cahier.

La leçon ainsi expliquée une première fois peut être reprise sous forme de calcul oral, les élèves ayant le livret en main: l'exercice se fait alors avec rapidité.

DESSIN

L'enseignement du dessin se relie naturellement à celui de l'écriture et du calcul. La connaissance des formes et le sentiment des proportions sont à la portée de l'enfant. Des exercices de dessin bien conduits sont à la fois instructifs et intéressants: ils permettent d'occuper intelligemment les jeunes élèves: ils sont pour eux un excellent moyen d'éducation : ils forment l'œil et la main; ils habituent à l'observation.

MORALE

Il est bien évident qu'il ne s'agit pas ici d'enseignement au sens propre du mot, mais d'impression à produire et de notions fort simples à communiquer à l'occasion de l'analyse de certaines images.

Ces notions pourraient être données soit au commencement de la lecture, soit dans des entretiens particuliers, si l'on préfère les séparer de la lecture.

LEÇONS DE CHOSES

Il en est de même des leçons sur les objets qui seront faites à l'occasion des vignettes placées en tête des leçons de lecture. Elles ne dispenseront pas le maître de donner un enseignement élémentaire des sciences à l'aide des choses. Les leçons que nous proposons ont pour objet d'intéresser les élèves à la lecture et d'établir un trait d'union entre ces deux matières.

Une méthode si intelligemment conçue qu'elle soit ne peut se suffire : elle vaut surtout par les maîtres qui l'emploient. Aussi nous recommandons aux instituteurs qui nous feront l'honneur de nous prendre pour auxiliaire, de bien se pénétrer de l'esprit qui a dicté celle que nous leur offrons, d'apprécier les ressources qu'elle met à leur disposition. Bien comprise et bien employée, elle pourrait leur rendre de sérieux services ainsi qu'à leurs jeunes élèves : c'est la raison qui nous a décidé à la publier.

J.-B. PIQUET.

Valence-sur-Rhône, le 1er novembre 1904.

i

i

Que représente la vignette? — Quels animaux construisent des nids? Quelques mots de l'enfant dans la famille. Il est élevé dans la maison paternelle, comme l'oiseau dans le nid; mais son éducation est plus laborieuse et exige plus de temps.

UN NID

Étude de la lettre i. — La tracer au tableau noir; le faire écrire aux enfants au tableau, sur l'ardoise ou sur un cahier avec un crayon ordinaire. — Donner et faire trouver des mots la contenant.

— 1 —

i i i

i i i

— 2 —

i î ï i ï î i ï î i

i î ï i ï î i ï î i

• | ••
1 2

Donner la notion des deux premiers nombres et expliquer les opérations ci-dessous à l'aide des signes employés et d objets matériels, cailloux, bûchettes, haricots. Les faire exécuter au tableau noir et sur l'ardoise.

I + I =	II —	0 —	00 —	• =	• + • =	Λ + Λ =
I —	II — I	0 — 0 —	0 — 0	•• =	• — • =	Λ — Λ
1 —	1 — 1	1 — 1	2 — 1	2 — 2 =	•• — •	ΛΛ — Λ

Il y a dans l'image..... nid et ..... oiseaux. Chaque oiseau a ..... tête ..... pattes ..... ailes ..... queue.

Un oiseau s'envole; combien en reste-t-il?

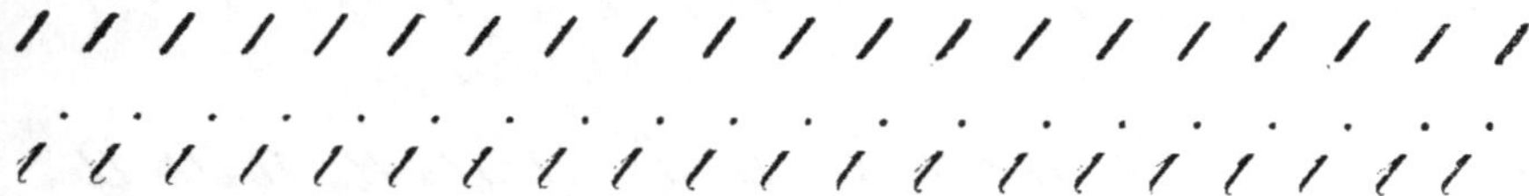

u

Raconter la fable aux élèves. Quels animaux nous servent de bêtes de somme ? Quelle est leur utilité ? Soins à leur donner ? Faut-il les maltraiter ?

LES DEUX MULETS

u

Étude de la lettre **u**. La faire trouver dans les mots, *mulet*, *musique*, *amuser*.

L'écrire au tableau noir et la faire écrire aux élèves.

— 1 —

u ù û u

u ù û u

— 2 —

u i û î i u î u ï û

u i ù î i u î u ï ù

ÉTUDE DU NOMBRE **3**

⁚ 3

Se servir d'objets matériels et des signes ci-contre. Faire écrire les 3 premiers nombres. Expliquer les opérations et les faire exécuter au tableau noir, puis sur l'ardoise.

0=	• • •	0 0=	1 1 1	000 — 0	11 1 —
00	0 0	1 1	• • •	000 - 00 =	•• •
000	1 1 1	• • =	0+0 0	•• — • =	••—••
0+0	Λ Λ Λ	Λ Λ=	Λ+Λ+Λ—	ΛΛ—ΛΛ=	•••—••

Si l'un des deux mulets s'en allait, combien en resterait-il ?

Au contraire, il en vient un autre ; combien y en a-t-il ?

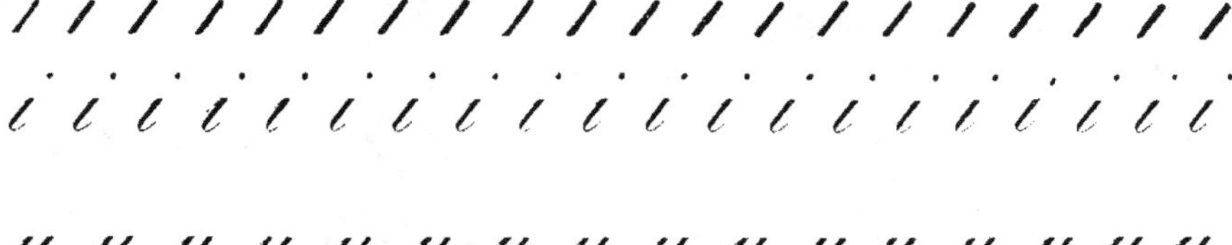

u u u u u u u u u u u u u u u u u u u u

e

Que représente la gravure ? Nommez les différentes parties du corps du cheval ? A quoi sert le cheval ? Leçon de choses à développer : bête de somme, animal de trait ; parti que l'on tire du cheval mort...

CHEVAL

e

Étude de la lettre **e**. La faire trouver dans *cheval*, *cache*, *tête*, *livre*, *fille*, *école*.

L'écrire et la faire écrire au tableau et sur l'ardoise.

— 1 —

e e e e

e e e e

— 2 —

e i u î e û ï e û î u e

e i u î e û ï e û î u e

ÉTUDE DU NOMBRE **4**

: :
4 Se servir d'objets matériels et des signes employés.

IIII	0000	••••	ΛΛΛΛ	1 2 3 4	3—1=
I+I—	0 0—	•+•	Λ Λ—	1+1—1+1—	2—1
II+I=	0+0+0—	•+•+•=	Λ Λ+Λ	2+1 1=	4—2
III+I=	0+0+0+0=	•+•+•+•=	Λ+Λ+Λ Λ=	2 2=	4—3

Combien un homme a-t-il de tète, de bras, de jambes ? Combien en ont deux hommes ?

Un cheval a ... tête, ... oreilles, ... yeux, ... pieds.

u u u u u u u u u u u u u

e e e e e e e e e e e e e e e e

é

ÉCOLE

Que représente la vignette? — Que voit-on dans votre école? — A quoi sert l'école? — Faut-il s'y rendre gaiement et régulièrement? — Que fait un bon élève avant, pendant et après la classe?

é

Étude de la lettre **é**. La faire trouver dans les mots : *vérité, Zoé, Émile, frère, fête*.

Distinguer *e* de *è*, *ê*, *é* que l'on peut considérer comme sons équivalents.

— 1 —

é è ê è ê é

é è ê è ê é

— 2 —

e u î û é i è i u e ê ï é

e u î û é i è i u e ê ï é

ÉTUDE DU NOMBRE **5**

⁙	•	=	• + •	0 + 0	=	ΛΛΛΛ + Λ
	• •	=	• • + •	00 + 0	=	ΛΛΛ + Λ
	• • •	=	• • • + •	000 + 0	=	ΛΛ + Λ
5	• • • •	=	• • • • + •	0000 + 0	=	Λ + Λ
	• • • • •	=	• • • + •	00 + 0		ΛΛ + Λ
	1 + 1 + 1	=	1 + 1 + 1 + 1 + 1	0 + 0	=	3 + 2

Il y a cinq tables dans l'école; on en ôte une, puis une autre, combien en reste-t-il chaque fois?

Combien y a-t-il de doigts à chaque main? Je ferme une main, puis je lève trois doigts; combien sont fermés?[1]

u u u u u u u u u u u u u u

e e e e e e e e e e e e

1. Multiplier et varier ces exercices.

O

Dire ou raconter la fable aux enfants. Appeler leur attention sur le caractère des deux personnages.

Morale : Ne pas tromper les autres ; éviter les flatteurs.

LE CORBEAU ET LE RENARD

o

Étude de la lettre **o**. La faire trouver dans les mots, *corbeau, orage, orange, or, mordre, toto*. L'écrire et la faire écrire. Énoncer la lettre en l'écrivant.

— 1 —

o ô o ô

o ô o ô

— 2 —

o i é û ô u î é ê o

o i é û ô u î é ê o

ÉTUDE DU NOMBRE 6

⁚⁖ 6	I I I I I+I=	00000+0=	•••••+•=	5+1=
	0 0 0 0 0+0=	0000+00	••••+••=	4+1=
	• • • • •+•=	000+000	•••+•••=	3+1=
	Λ Λ Λ Λ Λ+Λ=	00+0000	••+••••=	2+1
	1+1+1+1+1+1=	0+00000	•+•••••=	1+1=

2 corbeaux et 1 corbeau font...... 5 perdrix et 1 perdrix font........
3 renards et 1 renard font.......... 2 lièvres et 3 lièvres font..........
4 coqs et 2 coqs font................ 1 sou et 4 sous font.................

i i i i i i i i i i i i i i i i i i

e e e e e e e e e e e e e e e e e e

o o o o o o o o o o o o o o o o o o

a

a

Dire ou raconter la fable aux enfants. En déduire la morale. Est-il permis de voler même les voleurs ? Que doit-on faire d'un objet trouvé ?

LES VOLEURS ET L'ANE

Décomposer le mot âne en ses éléments. Appeler l'attention des élèves sur la lettre **a**. Procéder de même avec les mots *salade, mare, marie, ami* ; écrire la lettre *a* au tableau et sur l'ardoise.

— 1 —

a à a à a

a a a à a

— 2 —

a e i à u à é î ô û

a e i à u à é î ô û

ÉTUDE DU NOMBRE **7**

Faire compter jusqu'à 7 avec des objets matériels, billes, cailloux, bûchettes, etc.

:·: :	IIIIII -I	III -I	000000 -0	7—1
	······ ·	IIII -I	00000 0	6—1
7	000000 -0	IIIII+I	0000 0	5—1
	ΛΛΛΛΛΛ -Λ	IIIIII+I	000 0	4—1

Louis a 3 billes en verre et 4 en marbre : combien en tout ?
Charles a 7 billes ; il en donne 4 : combien lui en reste-t-il ?

p

p

Que représente la vignette ? Comment élève-t-on les poussins? Nourriture, soins de propreté. Utilité de la poule. Quelques mots de la couveuse. Soins qu'elle donne aux poulets.

UNE POULE ET SES POUSSINS

Écrire au tableau les mots poule, poussins et d'autres mots contenant la lettre **p**, la faire voir aux élèves. Leur faire trouver des mots la contenant. La faire prononcer puis écrire. Montrer comment la consonne s'unit aux voyelles.

— 1 —

p a	**p e**	**p é**	**p i**	**p o**	**p u**
pa	pe	pé	pi	po	pu
pa	*pe*	*pé*	*pi*	*po*	*pu*

— 2 —

pa pa   pi pé   a pi   é pi é
pa pe   po pe   é pé e   é po pé e
pi pe   pi e   é pi   pé pi e

ÉTUDE DU NOMBRE **8**

Lire et écrire les égalités ci-dessous en les complétant.

	1111111	1	•••••• — ••	•••• — •• —	4 — 1
•• ••	0000000	0	00000 0	0000 — 00	5 — 1
•• ••	•••••••	•	0000 00	000 — 0	6 — 1
8	ΛΛΛΛΛΛΛ	Λ	000 00	00 — 00	7 — 1
	2 + 1 + 2 + 1	1	5 + 1 2	3 + 1 + 1 + 2	8 — 1

Une poule conduit 5 poussins: il en meurt 2: il en reste?... Jean a 4 sous; on lui en donne 2, puis 1 ; combien en a-t-il chaque fois ?... Paul a 8 billes ; il en perd 2 et en donne 3 à son frère ; il lui reste ?...

i u e o a   iueoa   iueoa   iueoa   p p p

papa   pape   pipe   pipé   pope

r

r

Appeler l'attention des élèves sur la vignette. Raconter la fable. Quelques mots sur les mœurs des renards et des rats, ainsi que sur les dégâts qu'ils causent.

LES DEUX RATS, LE RENARD ET L'ŒUF

Étude de la lettre **r**. La faire reconnaître dans rat, renard et d'autres mots. Montrer comment on la réunit aux voyelles et comment elle modifie leur son primitif. *Epeler*, puis *syllaber*.

— 1 —

r a	**r e**	**r é**	**r i**	**r o**	**r u**
ra	re	ré	ri	ro	ru
ra	*re*	*ré*	*ri*	*ro*	*ru*

— 2 —

a	ra	ra	pe	pa	re	ra	pe	ra
a	re	re	pu	pè	re	re	pè	re
è	re	ra	re	pi	re	ré	pa	ré
i	re	ri	re	pu	re	pa	ru	re

ÉTUDE DU NOMBRE 9

Employer des objets matériels. Lire et écrire les égalités ci-dessous en les complétant.

9 IIIIIIII + I = 0000 + 00 = • • • • — • • = 9 — 1 =
00000000 + 0 = • • • + • • • = 000 — 00 = 9 — 2 =
• • • • • • • • + • = ΛΛΛΛ — ΛΛ = ΛΛΛΛΛ — ΛΛ = 9 — 3 =
ΛΛΛΛΛΛΛΛ + Λ = 2 + 1 + 2 + 3 = 2 + 2 — 2 + 3 = 9 — 4 =
2 + 2 + 2 + 2 + 1 = 1 + 2 + 3 — 3 = 7 — 2 — 2 + 3 = 9 — 5 =

Combien y a-t-il de rats dans la gravure? S'il survient 4 autres rats, combien y en aura-t-il? — Une poule pond 1 œuf chaque jour, combien cela fait-il en une semaine? Si elle est 2 jours sans pondre, combien?[1]

ara are ère ire rape repu

1. Multiplier ces exercices.

m

m

Raconter la fable aux élèves. Appeler leur attention sur les soins, le dévouement, l'amour de la mère. Quelques mots des avantages de la famille.

LE LOUP, LA MÈRE ET L'ENFANT

Étude de la lettre **m**. Écrire et prononcer la lettre en l'écrivant. Épeler, puis syllaber. Explication sommaire des mots.

— 1 —

m a	**m e**	**m é**	**m i**	**m o**	**m u**
ma	me	mé	mi	mo	mu
ma	*me*	*mé*	*mi*	*mo*	*mu*

— 2 —

ma	re	ra	ma	mi	re	ma	ri	é
ma	ri	ra	me	mi	me	pâ	me	ra
mè	re	ri	me	mû	re	pé	ri	mé
mè	me	ro	me	mû	ré	o	pi	me

— 3 —

ma-ri-e a ri — ré-mi ra-me-ra — ma mè-re i-ra à ro-me

ÉTUDE DU NOMBRE **10** — SE SERVIR DES DOIGTS DE LA MAIN

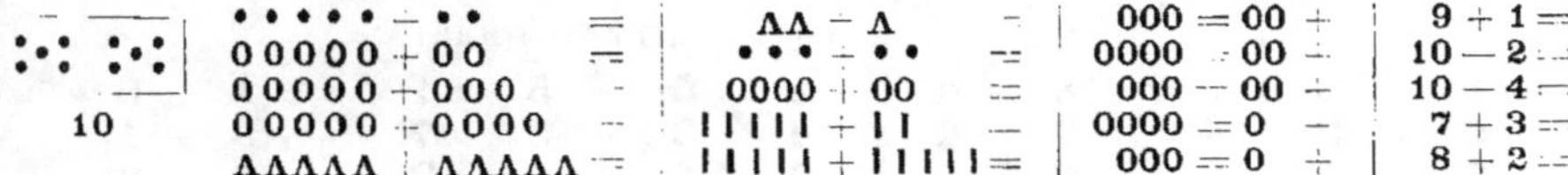

•••••	••••• + •• =	ΛΛ + Λ =	000 = 00 +	9 + 1 =
	00000 + 00 =	••• + •• =	0000 = 00 +	10 — 2 =
	00000 + 000 =	0000 + 00 =	000 = 00 +	10 — 4 =
10	00000 + 0000 =	IIIII + II =	0000 = 0 +	7 + 3 =
	ΛΛΛΛΛ + ΛΛΛΛΛ =	IIIII + IIIII =	000 = 0 +	8 + 2 =

METTRE AUTANT DE BARRES QU'IL Y A DE LETTRES DANS LE MOT

mare......	IIII	mère.....	enfant...	rose....
ami.......	III	ma.......	rat......	mélanie.
élève......	IIIII	loup......	mouton..	jules....
rome......	IIII	cheval....	mariette.	jérôme..

m m m m m m m m m m m

l *l*

Exercice d'intelligence et de langage : Faire trouver des noms d'oiseaux. Leur utilité. Faut-il les détruire ? Oiseaux de basse-cour. Services qu'ils nous rendent.

OISEAUX

Étude de la lettre **l**. La faire trouver dans le mot **aile** et d'autres mots. Écrire ces mots en les décomposant. Réunir la lettre **l** aux sons simples pour faire les sons **la**, **le**...
Expliquer sobrement les mots et les phrases.

— 1 —

la	**le**	**lé**	**li**	**lo**	**lu**
la	le	lé	li	lo	lu
la	*le*	*lé*	*li*	*lo*	*lu*

— 2 —

li a	mê le	pâ le	re li a
li é	mê lé	pe lé	re li é
re lu	mê le ra	po li	re li e ra
li re	é mi le	pe lu re	re li u re

— 3 —

é-mi-le a lu — la mè-re li-ra — le pè-re re-li-ra — ma mè-re i-ra à la ma-re — li-li a ri — la pi-lu-le a-mè-re.

EXERCICES SUR LES 10 PREMIERS NOMBRES

5 1	6 2	8 — 4	2 5	5 1	1 6
5 2	3 4	7 — 4	4 3	3 7	3 — 1
5 3	5 2	6 4	9 4	6 3	7 — 4
5 4	4 6	5 1	8 5	7 2	8 — 2
5 5	3 7	4 — 2	7 3	4 5	10 5

Combien y a-t-il d'oiseaux dans l'image? Combien ont-ils ensemble de têtes, de pieds, d'yeux, d'ailes, de queues?

émile a lu la mère lira

t

ta

Énumérer les différentes parties du corps humain, puis les cinq sens. — Soins à donner au corps : propreté, nourriture, vêtements. Éviter la gourmandise.

UNE TÊTE

Étude de la lettre **t**. Le faire trouver dans les mots *tête, table, étude*. La combiner aux voyelles simples pour faire les sons articulés *ta, te, té*... Expliquer les mots et les phrases.

— 1 —

t a	**t e**	**t é**	**t i**	**t o**	**t u**
ta	te	té	ti	to	tu
ta	*te*	*té*	*ti*	*to*	*tu*

— 2 —

tê te	a rê te	ra re té	pe ti te
tê tu	i mi ta	re ti ré	pu re té
ti ra	i mi te	ti re ra	ti re li re
ti ré	i mi té	ta ri ra	to ta li té

— 3 —

li-li a i-mi-té ta mè-re — ré-mi a la ti-re-li-re — to-to a re-ti-ré l'a-rê-te — la tu-li-pe ra-re — ma-ri-e a ti-ré à la lo-te-ri-e — le ru ta-ri-ra — la to-ma-te mû-re — la ma-re u-ti-le.

EXERCICES DE RÉCAPITULATION — LES 10 PREMIERS NOMBRES

3 + 4 =	9 — 2 =	6 + 2 =	5 + 4 =	4 + .. = 9	2 + 1 + 3 =
2 + 5 =	8 — 4 =	7 + 3 =	5 — 2 =	6 + .. = 7	3 + 4 + 2 =
4 + 6 =	7 — 3 =	8 + 2 =	3 + 6 =	3 + .. = 9	5 + 1 + 2 =
7 + 2 =	6 — 4 =	9 — 5 =	7 — 2 =	4 + .. = 7	6 + 2 + 2 =
3 + 6 =	9 — 6 =	10 — 4 =	8 — 6 =	8 — .. = 2	5 + 3 + 1 =

Faire compter de 1 à 10 des billes, des haricots, des bûchettes.
Paul a 5 ans, quel âge aura-t-il dans 1 an, dans 3 ans, dans 5 ans ?
Jules a 10 prunes ; il en donne 3 à Charles et 4 à Lucie ; il lui reste ?

tête têtu tira tiré arête imita

V — *v*

Que représente la gravure ? Donner les noms des différentes parties du corps de la vache. Services qu'elle nous rend. Ses produits tant qu'elle vit. Ses produits lorsqu'elle est abattue.

VACHE

Étude de la lettre **v** et de ses combinaisons avec les voyelles simples. La faire trouver dans les mots *vache*, *voiture*, *Victor*, *cheval*, *le cuve*. La faire prononcer, puis écrire. Expliquer les mots et les phrases.

— 1 —

v a	**v e**	**v é**	**v i**	**v o**	**v u**
va	ve	vé	vi	vo	vu
va	*ve*	*vé*	*vi*	*vo*	*vu*

— 2 —

ra ve — vè tu — va ri a — a vi vé
ra vi — ve lu — va ri é — a vé ré
rê ve — vo le — vé ri té — o vi pa re

— 3 —

la ra-ve mû-re — ré-mi a la va-ri-o-le — l'a-rê-te vi-ve — va à la ri-vi-è-re — lé-vi a vu le vo-lu-me — ma-ri-e a rê-vé — lè-ve la tê-te — to-to a a-va-lé l'a-rê-te — li-li a vu la ri-ve.

LES NOMBRES DE **10** A **20**. — LES ÉCRIRE ET LES FAIRE ÉCRIRE

10 + 1 =	**15 + 1 =**	**10 + 2 =**	**11 + 2 =**	**11 + 3 =**	**10 + 4 =**
11 + 1 =	**16 + 1 =**	**12 + 2 =**	**13 + 2 =**	**11 + 4 =**	**10 + 5 =**
12 + 1 =	**17 + 1 =**	**14 + 2 =**	**15 + 2 =**	**11 + 5 =**	**10 + 6 =**
13 + 1 =	**18 + 1 =**	**16 + 2 =**	**17 + 2 =**	**11 + 6 =**	**10 + 7 =**
14 + 1 =	**19 + 1 =**	**18 + 2 =**	**19 + 2 =**	**11 + 7 =**	**10 + 8 =**

Jules a 6 sous, que lui en manque-t-il pour avoir 9 sous? 12 sous? 15 sous? 19 sous? Émile avait 18 bons points, le maître lui en retire 3, puis 2, puis 4; reste chaque fois?[1]

v v v v v v v v v v v v v v v

1. Multiplier ces exercices.

REVISION

— 1 —

	a	**e**	**é**	**i**	**o**	**u**
p	pa	pe	pé	pi	po	pu
r	ra	re	ré	ri	ro	ru
m	ma	me	mé	mi	mo	mu
l	la	le	lé	li	lo	lu
t	ta	te	té	ti	to	tu
v	va	ve	vé	vi	vo	vu

— 2 —

mê lé	a va re	pe ti te	pi lo te
li me	a mè re	pi lu le	pa ru re
li re	é lè ve	vo lu me	va ri é
ma re	u ti le	pa ro le	vé ri té

— 3 —

ré-mi a a-va-lé la pi-lu-le — le pi-lo-te a vu la ri-ve — va-lè-re lè-ve la tê-te — la pe-ti-te é-va a vu ma tu-li-pe — ré-mi a re-vu ma mè-re — le pè-re a lu le vo-lu-me.

LES NOMBRES DE **1** A **20** : REVISION

4 + 6 =	**12 — 3 =**	**13 — 8 =**	**7 = 15 —**	**19 — 2 =**	**6 + 2 + 4 + 3 =**
8 + 3 =	**15 — 6 =**	**15 — 6 =**	**16 — 12 =**	**15 — 4 =**	**5 + 6 + 2 + 4 =**
9 + 5 =	**18 — 2 =**	**17 2 =**	**18 9 =**	**17 — 2 =**	**3 + 2 + 5 + 6 =**
6 + 8 =	**14 — 5 =**	**19 — 8 =**	**14 6**	**14 — 1 =**	**7 + 1 — 6 + 3 =**
7 + 5 =	**13 6**	**12 6**	**19 5**	**19 — 4 =**	**8 2 + 5 + 2 =**
12 6	**11 — 5**	**13 — 9**	**11 3**	**20 — 9 =**	**2 4 + 6 + 8 =**
13 4	**9 — 7**	**19 — 8 =**	**12 — 7 =**	**17 — 3 =**	**1 + 3 + 7 + 6 =**

Une troupe de soldats est composée de 3 soldats, plus 5 soldats, plus 9 soldats. Total...

Dans un verger on compte 5 noyers, 7 pruniers, 8 pêchers. Combien d'arbres?

mêle lime lire mare avare amère

n

n

Donnez les noms des embarcations que vous connaissez.

Quels services rend chacune d'elles?

NAVIRE

Étude de la lettre **n**. Faire prononcer et écrire cette lettre. La faire trouver dans les mots *navire*, *âne*, *cane*. La combiner avec les voyelles simples.

— 1 —

n a	**n e**	**n é**	**n i**	**n o**	**n u**
na	ne	né	ni	no	nu
na	*ne*	*né*	*ni*	*no*	*nu*

— 2 —

me né — ra me né — re te nu — va ni té
mi ne — mi nu te — na tu re — ma ti née
no te — vé né ré — la ti ne — i nu ti le

— 3 —

é-lé-o-no-re a é-té pu-ni-e — ma-ri-e a mé-ri-té u-ne no-te — a-mè-ne l'â-ne à la ma-re — ma mè-re a vu ri-re na-ni-ne — le nu-mé-ro a é-té ti-ré — re-né a vu le na-vi-re.

LES NOMBRES DE **20** A **30** — LES ÉNONCER ET LES ÉCRIRE

20 + 1 =	**20 + 6 =**	**22 + 2 =**	**28 − 2 =**	**26 + 4 =**	**29 − 6 =**
20 + 2 =	**20 + 7 =**	**21 + 1 =**	**23 + 6 =**	**28 − 2 =**	**22 + 4 =**
20 + 3 =	**20 + 8 =**	**23 + 3 =**	**22 + 7 =**	**27 − 5 =**	**21 + 7 =**
20 + 4 =	**20 + 9 =**	**25 + 4 =**	**21 + 9 =**	**29 − 6 =**	**26 + 3 =**
20 + 5 =	**20 + 10 =**	**26 + 3 =**	**22 + 8 =**	**30 − 8 =**	**26 − 5 =**

CALCUL MENTAL — COMBIEN FONT :

6 chevaux et **12** chevaux?
22 billes et **6** billes?
18 musiciens et **7** musiciens?
17 poires et **11** poires?
16 prunes et **9** prunes?
19 cerises et **8** cerises?

n n n n n n n n n n n n n

S

S

Raconter la fable aux enfants. Caractère des deux personnages. Doit-on dérober pour soi ou pour les autres? Mœurs du chat. Son utilité.

LE SINGE ET LE CHAT

Étude de la lettre **s**. La faire trouver dans les mots *son, salade, sel, solide, soldat*. Épeler et syllaber. Faire écrire sous la dictée les sons articulés : *sa, se, si, so, su*.

— 1 —

s a	**s e**	**s é**	**s i**	**s o**	**s u**
sa	se	sé	si	so	su
sa	*se*	*sé*	*si*	*so*	*su*

— 2 —

sa lé	so le	sa va te	a si le
sa li	sé vi	sa li ve	a vi sé
sa pe	va se	sa li ra	vi si te
sa ra	vi sé	sè me ra	su tu re

— 3 —

la mu-le se-ra re-pu-e — é-li-se a é-té po-li-e — sa-ra a su li-re — ro-se li-ra vi-te — le pè-re se-ra sé-vè-re — la mè-re a la-vé à la ri-vi-è-re — va à la vi-si-te.

LES NOMBRES DE **30** A **40**. — LES ÉNONCER ET LES ÉCRIRE

30 + **1** =	**30** + **6** =	**31** + **2** =	**39** − **1** =	**32** − **1** =	**24** + **9** =
30 + **2** =	**30** + **7** =	**32** + **3** =	**31** + **8** =	**36** − **3** =	**27** + **6** =
30 + **3** =	**30** + **8** =	**35** + **4** =	**32** + **6** =	**34** − **2** =	**29** + **8** =
30 + **4** =	**30** + **9** =	**32** + **6** =	**34** + **5** =	**37** − **6** =	**23** + **8** =
30 + **5** =	**30** + **10** =	**35** + **3** =	**37** − **3** =	**39** − **8** =	**28** + **6** =

COMBIEN FONT :

33 bâtons et **6** bâtons?
31 fusils et **7** fusils?
34 billes et **6** billes?
37 francs et **2** francs?
26 figues et **7** figues?

38 pipes moins **7** pipes?
37 élèves moins **10** élèves?
35 chevaux moins **12** chevaux?
39 ânes moins **7** ânes?
36 abeilles moins **5** abeilles?

S S S S S S S S S S S S S

j

Que représente la vignette ? Quels arbres, quels arbustes, quelles plantes trouve-t-on dans un jardin ? Quelles fleurs y cultive-t-on ?

JARDINIER

j

Étude de la lettre **j**. La trouver dans les mots *jour, jeudi, joujou*. Combinaison avec les voyelles. Explications des mots et des phrases. Dictée de lettres, de syllabes de mots.

— 1 —

j a **j e** **j é** **j i** **j o** **j u**

ja je jé ji jo ju

ja je jé ji jo ju

— 2 —

ja ne je té ju ra ju li a
ja se ju te ju ré ju ju be
je ta jo li ju pe ca jo le

— 3 —

je me la-ve — mè-le la pâ-te — ré-mi a vu la jo-li-e mu-le — lé-a la-ve-ra le ju-te — la ra-ve se-ra je-té-e — ju-li-e a salu-é sa mè-re — la ju-pe de li-se a é-té sa-li-e — a-va-le le ju-ju-be.

LES NOMBRES DE **40** A **50**. — LES ÉNONCER ET LES ÉCRIRE

40 + 1 = **40 + 6** = **40 + 4** = **44 + 2** = **36 + 7** = **46 − 5** = **47 − 6** =
40 + 2 = **40 + 7** = **40 + 6** = **41 + 3** = **39 + 5** = **48 − 4** = **43 − 5** =
40 + 3 = **40 + 8** = **40 + 3** = **41 + 5** = **32 + 9** = **49 − 6** = **49 − 8** =
40 + 4 = **40 + 9** = **40 + 7** = **47 + 2** = **38 + 6** = **43 − 5** = **41 − 9** =
40 + 5 = **40 + 10** = **40 + 9** = **45 + 5** = **35 + 8** = **44 − 8** = **42 − 6** =

COMBIEN FONT :

35 poules et **6** poules ?
44 pêches et **5** pêches ?
44 billes et **6** billes ?
37 pommes et **7** pommes ?
36 oranges et **12** oranges ?
38 haricots et **11** haricots ?
47 cerises moins **8** cerises ?
48 œufs moins **12** œufs ?

Un jardinier a planté **48** choux ; il en meurt **6**, puis **5**, puis **8** ; reste chaque fois ?

jane jase jeta jute joli jura juré

f

Dire ou réciter la fable. Insister sur le caractère des personnages. Faire ressortir la nécessité du travail et de l'économie. Quel travail est imposé aux écoliers ?

LA CIGALE ET LA FOURMI

f

Étude de la lettre **f**. La faire trouver dans les mots *fourmi*, *fille*, *femme*, *fable*. Dicter des syllabes et des mots la contenant. Explication des mots et des phrases.

— 1 —

f a **f e** **f é** **f i** **f o** **f u**

fa fe fé fi fo fu

fa *fe* *fé* *fi* *fo* *fu*

— 2 —

fa né fa ta le fa ri ne fu ri e
fè te ra fa le fo li e fa vo ri sé
fi ne fa vo ri fu se lé fa ta li té

— 3 —

la fa-ri-ne fi-ne — la pe-ti-te fi-o-le — la fè-te se-ra fi-ni-e — la ra-fa-le a é-té é-vi-té-e — é-lé-o-no-re a ti-ré la fè-ve — lé-a fe-ra u-ne ju-pe — la jo-li-e fi-o-le se-ra je-té-e — je me lè-ve.

LES NOMBRES DE **50** A **60**. — LES ÉNONCER ET LES ÉCRIRE

50 + 1 =	**50 + 6 =**	**51 + 2 =**	**57 — 6 =**	**46 + 7 =**	**56 + 3 =**	**56 — 5 +**
50 + 2	**50 + 7 =**	**54 + 3 =**	**54 — 3 =**	**48 + 5 =**	**59 — 7 =**	**59 — 3 +**
50 + 3	**50 + 8 =**	**55 + 4 =**	**55 — 4 =**	**44 + 8 =**	**56 — 8 =**	**51 — 6 +**
50 + 4	**50 + 9 =**	**56 + 3 =**	**59 — 8 =**	**49 — 7 =**	**52 — 5 =**	**49 — 8 +**
50 + 5	**50 + 10 =**	**52 + 7 =**	**56 — 7 =**	**44 — 9 =**	**51 — 9 =**	**43 — 7 +**

COMBIEN FONT :

52 chevaux et **4** chevaux ?
54 poupées et **5** poupées ?
53 élèves et **6** élèves ?
55 moineaux et **4** moineaux ?

57 hommes moins **5** hommes ?
55 soldats moins **4** soldats ?
57 prunes moins **7** prunes ?
54 pommes moins **8** pommes ?

fané fête fine fatale rafale favori

d

Leçon de choses sur le dindon. Son introduction en France, son élevage, ses mœurs, son utilité. Quelques mots sur les autres oiseaux de basse-cour.

DINDONS

d

Trouver la lettre **d** dans les mots *dindon, dada, dada, viande.* Combinaisons du **d** avec les voyelles simples.

Faire prononcer la lettre ; la faire copier : la dicter.

— 1 —

d a	**d e**	**d é**	**d i**	**d o**	**d u**
da	de	dé	di	do	du
da	*de*	*dé*	*di*	*do*	*du*

— 2 —

da	da	do	re	dé	mo	li	sa	la	de
da	me	di	re	dé	po	li	do	ra	de
dô	me	du	pe	di	vi	sé	do	ru	re
do	du	dé	fi	fi	dè	le	do	mi	no

— 3 —

le va-se de ré-sé-da — le do-mi-no ro-se — la li-mo-na-de pu-re — é-mi-le di-ra la vé-ri-té — la ma-re se-ra vi-dé-e — la da-me a dî-né à mi-di — a-dè-le a vu le dé de sa mè-re.

LES NOMBRES DE **60** A **70**. — LES ÉNONCER ET LES ÉCRIRE —

60 + 1	**60 + 6**	**62 + 4**	**56 + 5**	**65 — 4**	**67 — 5**	**66 — 5**
60 + 2	**60 + 7**	**65 + 3**	**54 + 7**	**67 — 3**	**68 — 6**	**64 — 3**
60 + 3	**60 + 8**	**67 + 2**	**53 + 8**	**69 — 5**	**62 — 4**	**68 — 6**
60 + 4	**60 + 9**	**61 + 8**	**57 + 4**	**64 — 6**	**61 — 8**	**62 — 7**
60 + 5	**60 + 10**	**66 + 4**	**58 + 6**	**62 — 3**	**67 — 3**	**61 — 8**

COMBIEN FONT :

62 verres et **6** verres ?
64 mouches et **5** mouches ?
67 pois et **3** pois ?

67 hommes moins **4** hommes ?
69 cailloux moins **5** cailloux ?
64 bûches moins **7** bûches ?

[1] *e e e e o o o o a a a a d d d d*

1. Faire remarquer que ces lettres dérivent l'une de l'autre.

Dix-neuvième Leçon

X *x*

Dire quelques mots de la gymnastique et de ses bons effets.

Devoirs des élèves à ce sujet. Éviter les querelles et les batailles.

BOXEURS

Étude de la lettre **x**. L'écrire au tableau ; la faire trouver dans le texte de la lecture et dans les mots *axe, luxe, rixe*, etc.

— 1 —

x a	**x e**	**x é**	**x i**	**x o**	**x u**
xa	xe	xé	xi	xo	xu
xa	*xe*	*xé*	*xi*	*xo*	*xu*

— 2 —

a	xe	ta	xé	lu	xé	ma	la	xé
ta	xe	fi	xa	lu	xe	ma	xi	me
sa	xa	fi	xé	ri	xe	dé	ta	xé

— 3 —

la me-su-re fi-xe — ro-se a lu la ma-xi-me mo-ra-le. — la pi-lu-le a é-té ma-la-xé-e — le lu-xe se-ra ta-xé — la bo-xe a é-té ru-de — la ri-xe se-ra pu-ni-e — ma-xi-me a lu le rô-le.

LES NOMBRES DE **70** A **80**. — LES ÉNONCER ET LES ÉCRIRE

70 + 1 =	**70 + 6 =**	**74 + 2 =**	**65 + 6 =**	**78 — 6 =**	**75 — 6 =**	**72 — 6 =**
70 + 2 =	**70 + 7 =**	**76 + 4 =**	**68 + 5 =**	**74 — 3 =**	**75 — 7 =**	**74 — 7 =**
70 + 3 =	**70 + 8 =**	**73 + 5 =**	**67 + 6 =**	**76 — 5 =**	**78 — 6 =**	**77 — 5 =**
70 + 4 =	**70 + 9 =**	**77 + 2 =**	**68 + 7 =**	**79 — 7 =**	**63 — 8 =**	**78 — 6 =**
70 + 5 =	**70 + 10 =**	**71 + 6 =**	**63 + 9 =**	**72 — 8 =**	**71 — 7 =**	**76 — 7 =**

COMBIEN FONT :

74 pommes et **4** pommes?
73 francs et **3** francs?
75 cahiers et **4** cahiers?

78 noix moins **5** noix?
75 brochets moins **4** brochets?
77 plumes moins **6** plumes?

mnixv *mnixv* *mnixv* *mnixv*

Vingtième Leçon

REVISION

— 1 —

	a	e	é	i	o	u
n	na	ne	né	ni	no	nu
s	sa	se	sé	si	so	su
j	ja	je	jé	ji	jo	ju
f	fa	fe	fé	fi	fo	fu
d	da	de	dé	di	do	du
x	xa	xe	xé	xi	xo	xu

— 2 —

pu ni	jo li	fa ri ne	so li de
fi ni	sa lé	fa mi ne	du re té
te nu	se mé	ra fa le	ta xe ra
sa li	ju pe	fa vo ri	sa xo lé i ne

— 3 —

A-mé-lie a dé-jà sa-li sa ju-pe; sa mè-re la la-ve-ra à la ri-vi-è-re; a-mé-lie se-ra pu-ni-e. — la pe-ti-te é-li-se se lè-ve-ra, sa-lu-e-ra, é-pè-le-ra, li-ra, se-ra sa-ge; sa mè-re la fe-ra li-re sa-me-di.

LES NOMBRES DE **80** A **90**. — LES ÉNONCER ET LES ÉCRIRE

80 1	**80 6**	**83 3**	**77 4**	**86—4**	**83 6**	**87 6**
80 2	**80 7**	**81 5**	**84 6**	**88—5**	**85 4**	**89 8**
80 3	**80 8**	**84 5**	**75 8**	**82—2**	**87—8**	**82 4**
80 4	**80 9**	**86 3**	**73 9**	**89—7**	**82 6**	**86 5**
80 5	**80—10**	**82 6**	**82 8**	**86—8**	**85—8**	**84 3**

COMBIEN FONT :

82 pommes et **6** pommes?
86 noix et **3** noix?
82 prunes et **3** prunes?
81 abricots et **9** abricots?
87 poires et **8** poires?

86 moutons moins **5** moutons?
89 balais moins **9** balais?
84 oranges moins **6** oranges?
83 noisettes moins **7** noisettes?
82 plumes moins **8** plumes?

puni fini tenu sali joli sale

b

b

Dire aux enfants le conte de Perrault. Donner le nom des chaussures les plus usitées. En quoi sont-elles faites? Leur utilité?

LE PETIT POUCET — LES BOTTES

Étude de la lettre **b**. L'écrire au tableau et la faire écrire. La trouver dans les mots : *botte*, *bœuf*, *bâton*, *bidon* et dans la lecture. Dictée, explication des mots et des phrases.

— 1 —

b a **b e** **b é** **b i** **b o** **b u**

ba be bé bi bo bu

ba *be* *bé* *bi* *bo* *bu*

— 2 —

ba ba bi le a bî me ba di ne
bé bé bo bo ti tu be ba si le
bè te tu be ju ju be bi tu me

— 3 —

la ro-be ro-se — le jo-li bé-bé — la pe-ti-te ba-di-ne — la pa-ra-bo-le i-né-di-te — le bi-tu-me a é-té po-sé — ba-si-le se-ra pu-ni — le ma-la-de a vo-mi de la bi-le — le mo-dè-le a é-té dé-ro-bé.

LES NOMBRES DE **90** A **100**. — LES ÉNONCER ET LES ÉCRIRE

90 1	**90 6**	**92 4**	**86 7**	**98—6**	**86 8**	**92 6**
90 2	**90 7**	**94 3**	**88 8**	**94 4**	**98 7**	**96 5**
90 3	**90 8**	**91 7**	**83 9**	**97 5**	**84 9**	**94 8**
90 4	**90 9**	**93 5**	**87 7**	**99—6**	**96 8**	**91—7**
90 5	**90 10**	**94 4**	**89 9**	**91—7**	**93 7**	**98—6**

COMBIEN FONT :

93 moutons et **5** moutons?
92 agneaux et **7** agneaux?
95 vaches et **3** vaches?

96 navets moins **5** navets?
94 ânes moins **6** ânes?
98 serins moins **9** serins?

baba bébé bète bile bobe tube

Z

Appeler l'attention des élèves sur l'animal représenté dans la vignette. Faire remarquer sa beauté, l'élégance de ses formes, la singularité de son pelage.

ZÈBRE

z

Étude de la lettre **z**. La faire trouver dans les mots *zèle*, *zero*, et dans le texte à lire. La faire reproduire par la copie et la dictée. Explication des mots et des phrases.

— 1 —

z a	**z e**	**z é**	**z i**	**z o**	**z u**
za	ze	zé	zi	zo	zu
za	*ze*	*zé*	*zi*	*zo*	*zu*

— 2 —

zè le	zo é	zé li e	a za lé e
zé lé	zo ne	la za re	a zu ré
zé bu	za ï re	zu li me	o zo ne
zé ro	zo ï le	a li zé	a ze ro le

— 3 —

le zè-le de la mè-re — le zé-ro i-nu-ti-le — le zé-bu ba-ve — zé-li-e va vi-te — la ro-be de zo-é a é-té sa-li-e — zu-li-me se-ra pu-ni-e — la-za-re a u-ne ba-di-ne.

LES **10** DIZAINES — LES ÉNONCER ET LES ÉCRIRE

1 fois **10** fait **10**	**6** fois **10** font **60**	**3** fois **10** font	**2** fois **10** font **30** + **20**
2 fois **10** font **20**	**7** fois **10** font **70**	**5** fois **10** font	**6** fois **10** font **40** **10**
3 fois **10** font **30**	**8** fois **10** font **80**	**4** fois **10** font	**8** fois **10** font **60** · **20**
4 fois **10** font **40**	**9** fois **10** font **90**	**7** fois **10** font	**4** fois **10** font **40** · **40**
5 fois **10** font **50**	**10** fois **10** font **100**	**9** fois **10** font	**3** fois **10** font **70** - **20**

COMBIEN FONT :

60 hommes et **20** hommes? **90** chevaux moins **40** chevaux
40 soldats et **10** soldats? **60** moutons moins **30** moutons?
50 prunes et **30** prunes? **80** pommes moins **70** pommes?

zèle zébu zéro zoé zone zaïre zoïle

h

h

Dire ou réciter la fable de La Fontaine. Insister sur le monologue. Application aux enfants qui se montrent exigeants ou capricieux.

LE HERON

Etude de la lettre h. Montrer qu'elle n'ajoute rien à la prononciation, sinon qu'elle fait parfois prononcer avec aspiration la voyelle qui la suit.

— 1 —

h a	**h e**	**h é**	**h i**	**h o**	**h u**
ha	he	hé	hi	ho	hu
ha	*he*	*hé*	*hi*	*ho*	*hu*

— 2 —

hâ	le	hè	re		hé	lè	ne		ha	bi	le	té
hâ	te	hô	te		ho	mè	re		hé	ré	di	té
hâ	ve	ha	bi	le	hé	mi	o	ne	hi	la	ri	té
ha	se	ho	no	ré	ho	no	ri	ne	hu	mi	li	té

— 3 —

le pè-re ho-no-ré — l'é-lè-ve ha-bi-le — la fè-ve hâ-ti-ve — ho-no-ri-ne dé-vo-re le ba-ba — l'hé-mi-o-ne pâ-tu-re — é-mi-le a vu la ha-se — hé-lè-ne a é-tu-di-é à l'é-co-le.

LIRE CE TABLEAU HORIZONTALEMENT. — LE FAIRE ECRIRE ET RÉCITER

10	20	30	40	50	60	70	80	90
11	21	31	41	51	61	71	81	91
12	22	32	42	52	62	72	82	92
13	23	33	43	53	63	73	83	93
14	24	34	44	54	64	74	84	94
15	25	35	45	55	65	75	85	95
16	26	36	46	56	66	76	86	96
17	27	37	47	57	67	77	87	97
18	28	38	48	58	68	78	88	98
19	29	39	49	59	69	79	89	99

hâle hâte have hase hère

c g

c g

Que représente la vignette? Quelle est l'utilité des chemins de fer? Que voit-on dans une gare? Leçon de choses et exercice de langage.

UNE GARE

Étude des lettres **c** et **g** devant **a**, **o**, **u**. Faire écrire ces lettres après les avoir fait trouver dans la leçon de lecture.

— 1 —

c a	**c o**	**c u**	**g a**	**g o**	**g u**
ca	co	cu	ga	go	gu
ca	*co*	*cu*	*ga*	*go*	*gu*

— 2 —

ca ve	ca ba le	é co le	ga re
ca le	ca ba ne	ca ra co	ga la
cô te	ca ra fe	ca ra co le	ga le
cô té	ca bi ne	ca ma ra de	gâ té

— 3 —

la ca-ve vi-de — la jo-li-e ca-ra-fe — le cô-te ra-pi-de — la sa-va-te é-cu-lé-e — le ca-ra-co de ca-ro-li-ne — la ca-va-le ca-ra-co-le — le ga-ve ra-pi-de — la fi-gu-re pâ-le — co-co ga-lo-pe — la ga-re se-ra dé-co-ré-e — le lé-gu-me se gâ-te-ra.

COMPTER PAR **10**, HORIZONTALEMENT. — REPRODUIRE LE TABLEAU PAR ÉCRIT, LE RÉCITER.

1 + 1 =	**11 + 1 =**	**21 + 1 =**	**31 + 1 =**	**41 + 1 =**	**51 + 1 =**
1 + 2 =	**11 + 2 =**	**21 + 2 =**	**31 + 2 =**	**41 + 2 =**	**51 + 2 =**
1 + 3 =	**11 + 3 =**	**21 + 3 =**	**31 + 3 =**	**41 + 3 =**	**51 + 3 =**
1 + 4 =	**11 + 4 =**	**21 + 4 =**	**31 + 4 =**	**41 + 4 =**	**51 + 4 =**
1 + 5 =	**11 + 5 =**	**21 + 5 =**	**31 + 5 =**	**41 + 5 =**	**51 + 5 =**
1 + 6 =	**11 + 6 =**	**21 + 6 =**	**31 + 6 =**	**41 + 6 =**	**51 + 6 =**
1 + 7 =	**11 + 7 =**	**21 + 7 =**	**31 + 7 =**	**41 + 7 =**	**51 + 7 =**
1 + 8 =	**11 + 8 =**	**21 + 8 =**	**31 + 8 =**	**41 + 8 =**	**51 + 8 =**
1 + 9 =	**11 + 9 =**	**21 + 9 =**	**31 + 9 =**	**41 + 9 =**	**51 + 9 =**

cave cale côte côté gare gala

Vingt-cinquième Leçon

cg

cg

Dire aux enfants la fable de La Fontaine. En dégager la morale. Quelques conseils moraux au sujet de la vanité.

LE GEAI PARÉ DES PLUMES DU PAON

Étude des lettres **c** et **g** devant **e é i**. Faire voir que la prononciation de ces deux lettres varie avec la voyelle qui les suit.

— 1 —

c e — **c é** — **c i** — **g e** — **g é** — **g i**

ce — cé — ci — ge — gé — gi

ce — *cé* — *ci* — *ge* — *gé* — *gi*

— 2 —

ce ci	ce ri se	sa ge	gé li ne
ce la	cé ci té	ca ge	vi gi le
ci me	cé ci le	gê ne	gé la ti ne
ci ve	ci vi le	gè le	gé né ra le

— 3 —

la sa-la-de a-ci-de — le ca-ma-ra-de sa-ge — l'é-lè-ve a-gi-té — la ci-me é-le-vé-e — cé-ci-le va à la ca-ve — l'é-lè-ve sa-ge é-tu-di-e à l'é-co-le.

LIRE ET RÉCITER LE TABLEAU VERTICALEMENT. — LE RECONSTITUER PAR ÉCRIT

(a) 4 + 5 = 9	5 + 3 = 8	2 + 5 = 7	1 + 6 = 7
14 + 5 = 19	15 + 3 = 18	12 + 5 = 17	11 + 6 = 17
24 + 5 = 29	25 + 3 = 28	22 + 5 = 27	21 + 6 = 27
34 + 5 = 39	35 + 3 = 38	32 + 5 = 37	31 + 6 = 37
44 + 5 = 49	45 + 3 = 48	42 + 5 = 47	41 + 6 = 47
54 + 5 = 59	55 + 3 = 58	52 + 5 = 57	51 + 6 = 57
64 + 5 = 69	65 + 3 = 68	62 + 5 = 67	61 + 6 = 67
74 + 5 = 79	75 + 3 = 78	72 + 5 = 77	71 + 6 = 77
84 + 5 = 89	85 + 3 = 88	82 + 5 = 87	81 + 6 = 87
94 + 5 = 99	95 + 3 = 98	92 + 5 = 97	91 + 6 = 97

ceci cela cime cive cerise cécile

a) Autres exercices analogues.

Appeler l'attention des enfants sur l'aptitude du perroquet à parler.

Le perroquet répète des mots sans les comprendre. Faut-il imiter le perroquet ?

KAKATOÈS

k

Étude de la lettre **k**. La faire trouver dans la lecture : l'écrire au tableau noir. La faire reproduire par la copie et la dictée, de mots et de phrases la contenant.

— 1 —

k a	**k e**	**k é**	**k i**	**k o**	**k u**
ka	ke	ké	ki	ko	ku
ka	*ke*	*ké*	*ki*	*ko*	*ku*

— 2 —

ka	ri	ki	lo	ko	la	ka	bi	le
ké	pi	ma	ki	ka	ra	ka	ra	ta
ki	va	mo	ka	co	ke	a	kè	ne

— 3 —

la fè-ve de ko-la — je pè-se le co-ke — é-lé-o-no-re a vu le ma-ki — le pè-re hu-me le ca-fé mo-ka — le ké-pi de re-né a é-té sa-li — ce ca-fé pè-se le ki-lo.

RÉVISION ET APPLICATIONS. — LES NOMBRES DE **1** A **100**

23 - 5	**25 - 5**	**36 - 7**	**42 - 3**	**24 - 3**
31 - 4	**32 - 4**	**34 - 6**	**44 - 5**	**26 - 5**
46 - 5	**26 - 7**	**39 - 8**	**46 - 7**	**23 - 2**
34 - 7	**27 - 8**	**33 - 8**	**48 - 6**	**29 - 6**

J'ai gagné **16** francs pendant la semaine ; j'ai dépensé **12** francs ; il me reste ?
J'avais **32** pommes dans un panier ; j'en mets **6**, puis **8** ; total ?
J'ai **45** francs dans une bourse, je paie 9 francs ; il me reste ?[1]

k k k k k k k k k k

1. Avis au Maître : Multiplier et varier ces exercices.

REVISION

— 1 —

	a	e	é	i	o	u
b	ba	be	bé	bi	bo	bu
z	za	ze	zé	zi	zo	zu
h	ha	he	hé	hi	ho	hu
c	ca	ce	cé	ci	co	cu
g	ga	ge	gé	gi	go	gu
k	ka	ke	ké	ki	ko	ku

— 2 —

ca ve	ha bi le	ba ba	ca bi ne
ga ge	ci ra ge	ké pi	co lè re
zé ro	cu ra ge	zé lé	cé le ri
co ke	é co le	ki lo	ga lè re

— 3 —

LECTURE COURANTE. — **L'amazone.**

l'a-ma-zo-ne a re-vê-tu sa ca-po-te de ga-ze - la jo-li-e da-me mè-ne sa ca-va-le a-le-za-ne, ca-ra-co-le u-ne mi-nu-te, re-cu-le, va à la ma-re, la-ve la tè-te de la ca-va-le, la ra-mè-ne à l'é-cu-ri-e.

REVISION ET APPLICATIONS

22 — 7 =	**48 — 7 =**	**21 — 6 =**	**34 — 6 =**	**48 — 7 =**
34 — 8 =	**36 — 5 =**	**36 — 7 =**	**41 — 9 =**	**64 — 6 =**
45 — 6 =	**59 — 6 =**	**47 — 6 =**	**67 — 8 =**	**41 — 8 =**
62 — 5 =	**64 — 3 =**	**54 — 7 =**	**44 — 7 =**	**82 — 5 =**
76 — 3 =	**75 — 4 =**	**69 — 6 =**	**82 — 6 =**	**93 — 7 =**

J'ai 4 pièces de 10 francs et 1 pièce de 5 francs : combien ai-je en tout ?

Un écolier achète un livre pour 8 sous : 2 cahiers pour 5 sous ; Combien doit-il ?

Il y a dans mon jardin 12 pruniers, 7 pommiers, 15 pêchers ; combien d'arbres en tout ?[1]

cave gaze zéro coke habile cirage

1. Conseil au Maître : Multiplier et varier ces exercices.

— 1 —

	b	c	d	f	g	l	p	r	s	t	x
a	ab	ac	ad	af	ag	al	ap	ar	as	at	ax
e	eb	ec	ed	ef	eg	el	ep	er	es	et	ex
i	ib	ic	id	if	ig	il	ip	ir	is	it	ix
o	ob	oc	od	of	og	ol	op	or	os	ot	ox
u	ub	uc	ud	uf	ug	ul	up	ur	us	ut	ux

— 2 —

al	ca	li	at	ti	ré	es	ti	mé	ex	er	ci	ce
al	cô	ve	op	po	sé	ir	ri	té	at	ti	tu	de
ad	mi	ré	al	té	ré	ad	ju	ré	al	ti	tu	de
ap	pa	ru	or	du	re	ut	cé	ré	ac	cé	lé	ré

— 3 —

LECTURE COURANTE. — **Caroline à l'école**

Ca-ro-line se lè-ve vi-te; el-le sa-lu-e sa mè-re, se la-ve, hu-me le ca-fé, et va à l'é-co-le; el-le se hâ-te; el-le a é-té po-li-e; el-le a sa-lu-é la da-me; ar-ri-vé-e à l'é-co-le, el-le a é-pe-lé, et lu le vo-lu-me; el-le a été sa-ge; el-le a ob-te-nu u-ne jo-lie i-ma-ge.

RÉVISION ET APPLICATIONS

35	**6**	**54**	**7**	**44**	**6**	**32**	**6**	**12**		**18**
63	**5**	**62**	**6**	**69**	**5**	**28**	**7**	**23**		**27**
47	**8**	**75**	**8**	**47**	**8**	**43**	**4**	**32**		**26**
69	**7**	**81**	**4**	**59**	**6**	**56**	**7**	**43**		**37**
72	**6**	**92**	**8**	**72**	**8**	**69**	**8**	**59**		**64**

Un fût contient 46 litres de vin; on en boit 8 litres, il en reste?

Max a 34 bons points: le maître lui en a retiré 3, puis 5, puis 8: il reste chaque fois?[1]

alcali alcôve admiré obtenu apparu

1. Avis au Maître : Multiplier et varier ces exercices.

RÉCAPITULATION GÉNÉRALE

— 1 —

a A ac te, a da ge, ar tis te, at te lé, al ca li, Ar té mi se.
b B bé né fi ce, ab so lu, ha bi tu de, ba di ne, Ba si le.
c C ca fé, ca na ri, ca ve, ac ti ve, dé co ré, Ca ro li ne.
d D dé tes té, dé di é, ad ve nu, a do ré, du re té, Di o gè ne.
e E é co le, é cu lé, é li mé, é la bo ré, vé ri té, É lé o no re.
f F fa vo ri, fé cu le, ef fa cé, fi gu re, fa ta le, Fé li ci té.
g G ci ga le, é ga ré, é ga li té, a gi li té, gè ne, Ga ni mè de.
h H ha bi le, ha bi té, hé ri té, ho no ré, hu me ra, Hé lè ne.

— 2 —

La ca va le se ra at te lé e. — Le ma la de a é té a li té. — A dè le ha bi te la ri ve de la ma re. — Le pè re fu me sa pi pe et hu me le ca fé mo ka. — Hé lè ne li ra le vo lu me re li é. —

— 3 —

LECTURE COURANTE. — **Une mauvaise élève**

La pe ti te A dè le ré pè te à sa mè re la pa ro le de sa ca ma ra de Lu ci e ; el le l'ac cu se a vec ma li ce, el le al tè re la vé ri té ; el le a sa li la pa ge de Re né, la ro be de Cé li ne, le ké pi de Jé rô me ; el le a a mu sé la pe ti te Zo é a vec u ne co co te ; el le a ri a vec Zé li e. A dè le se ra pu ni e.

REVISION ET APPLICATIONS

3	5	8	4	9	5	3	2	3	5	4	1	15 — 8 =
4	9	7	6	2	7	4	4	5	3	6	3	17 — 6 =
8	6	6	3	6	7	9	7	9	2	5	4	23 — 8 =
9	5	2	4	3	4	3	1	8	1	9	7	19 — 5 =
3	4	5	9	5	6	6	8	6	7	7	2	26 — 4 =
7	6	4	6	7	8	9	3	7	8	2	1	18 — 6 =
4	8	9	5	9	9	2	6	5	5	1	9	14 — 7 =
5	7	6	7	2	1	4	2	4	4	5	6	25 — 9 =

Un cultivateur a 15 chevaux; il en vend 6, puis en achète 9; combien en a-t-il?[1]

acte adage artiste attelé alcali artémise

1. Conseil au Maître : Multiplier et varier ces exercices.

RÉCAPITULATION GÉNÉRALE

1

i I i mi te, a ni mé, ma ni è re, mi ni me. I rè ne.
j J je ta, je té, ju te, ju pe. ju ge, ad ju ge. Jé rô me.
k K mo ka. ké pi, ki lo, ka ri, a kè ne, ko la. Ki o to.
l L a li té. é li te. la cé ré, lé gu me, la mi né. Lé a.
m M ma la de, a me né, mé ri te, mi nu te, mi ne, Ma rie.
n N â ne, fa né, fi ne, fa ri ne, fi ni ra, fè te. Né ri ne.
o O o de, o ra ge, o pa le, o bè se, do ré, pa ro le. O di le.

2

É mi le a vu le na vi re; le pi lo te le di ri ge a vec ha bi le té. — La lo co mo ti ve fu me. — Le zè le de l'é lè ve a é té ad mi ré. — É va fi xe de la ga ze à sa ro be. — Jé rô me di ra la vé ri té. —

3

LECTURE COURANTE. — **BÉBÉ A TABLE**

Bé bé a é té sa ge; sa mè re l'a la vé; el le l'a as sis à cô té d'el le. Il ne re mue pas; il ne s'a gi te pas; il res te cal me. — Ju lie a ser vi du po ta ge, du ta pi o ca, du rô ti, de la sa la de. Bé bé a bu de la biè re, de la li mo na de et du ca fé, il a é té ré ga lé. Bé bé a bu a vec me su re.

ADDITIONS A POSER ET A EFFECTUER

4	5	8	6	4	9	8	6	7	8
3	2	4	5	9	4	5	7	9	6
13	32	17	23	46	64	56	65	25	58
21	24	41	54	32	25	42	31	43	41

J'ai **60** fr. : je donne **12** fr. au boulanger, **8** fr. au boucher, **15** fr. à l'épicier; il me reste?

imite animé manière minime irène

RÉCAPITULATION GÉNÉRALE

— 1 —

r R ra tu re, ca na ri, a va re, ra pa ce, ra ma ge. Ra ci ne.
s S sa la de, so ci é té, sa la ri é, sa a vi té, so li tu de. Sé vè re.
t T ta pe, ta ra re, sa ti re, u si té, u ti li té, ca la mi té. Ta ci te.
u U u ni, ul cè re, nu mé ro, u ni té, u su re, ur ne. U ra ni e.
v V vi ve, a vé ré, vé ri té, a vi vé, vo ra ce, rê ve. Va lè re.
x X a xe, ta xe, fi xe, ex ci té, ex o né ré, ex pé di é. Xé rès.
z Z zè le, ga ze, zi za ni e, a zu ré, a za lé e, a zo te. Zé lie.

— 2 —

Cé ci le va à la ca ve — Pa pa fu me sa pi pe — Ma mè re a bu du ca fé — Le ca ma ra de de to to a é té ma la de — A dè le la ve ra sa ro be. — L'é lè ve pu ni a é té re te nu.

— 3 —

LECTURE COURANTE. — **La colère de Bébé**

Bé bé a je té sa ba di ne à la tê te de Mé dor et Mé dor l'a mor du. — Il a é té à l'of fi ce et a cas sé u ne as si et te — Il a sa li la ro be de Ju li et te et le ké pi de Ré mi. — Il a je té la pe lo te de Ro se à la ri vi è re.

La co lè re de Bé bé le fe ra ma la de, et sa mè re le pu ni ra.

SOUSTRACTIONS A POSER ET A EFFECTUER

5	8	7	9	6	7	8	4	5	7	9
2	5	3	2	5	2	3	1	2	5	2

34	48	59	65	68	46	82	39	66	87	64
21	26	17	21	34	32	61	12	15	23	23

Je dois **12** fr.; je donne **20** fr.; que doit-on me rendre?
Un mouton a été acheté **34** fr.; on le vend **46** fr.: combien a-t-on gagné?
J'ai **52** plumes dans une boite; j'en donne **11** à mon frère: il m'en reste?

rature canari avare rapace ramage racine

RÉCAPITULATION GÉNÉRALE

— 1 —

A na tole a vu sa mè re. — Ca ro li ne a sa li la ro be ro se de Lé a. — Le pa pa de Lu ci le a bu de la li mo na de. — L'é lè ve do ci le va à l'é co le. — L'â ne a bu à la ma re.

— 2 —

La da me a dî né à mi di; elle a bu de la biè re et du ca fé. — La ca va le de l'a ma zo ne ga lo pe. — La ro be de Li se se ra dé mo dé e. — Je sè me de la sa la de.

— 3 —

LECTURE COURANTE. — **Maxime en vacances**

Ma xi me a été do ci le à l'é co le. Il a é tu di é a vec zè le; il a su li re vite; il cal cu le avec ra pi di té; il des si ne dé jà; il a ob te nu u ne i ma ge co lo ri é e.

Sa mè re le mè ne à la co mé di e; il se re po se; il s'a mu se a vec ses ca ma ra des.

Ma xi me a do re sa mè re; il res te ra sa ge.

EXERCICES DE RÉVISION

35	8	41 —	6 —	8	4	32 —	5	41	8	57 —	43
43	6	63	5 —	7	6	26 —	4	27 —	6	64	58
54	9	49	4	6	8	44 —	8	32	9	39	44 —
68	6	32	7	5	3	63 —	6	47 —	8	45	36
77	5	26	6	4	7	87 —	8	66	6	94	88

Paul a **32** pommes; il en donne **8** à Jules et **5** à Pierre; que lui en reste-t-il?

J'ai **40** pêches j'en donne deux fois **8** que m'en reste-t-il?

Mon tonneau contient **64** litres de vin; j'en tire **12** litres par semaine; combien m'en reste-t-il au bout de **3** semaines?

anatole a vu sa mère caroline a sali sa robe

PARIS. — IMP. PH. LESOUARD.

www.ingramcontent.com/pod-product-compliance
Lightning Source LLC
LaVergne TN
LVHW012018160826
845678LV00002B/898

* 9 7 8 2 3 2 9 6 6 5 3 0 6 *